火的性格

司奋 著

HARBIN PUBLISHING HOUSE

图书在版编目（CIP）数据

火的性格 / 司奋著. — 哈尔滨 : 哈尔滨出版社,
2023.3
ISBN 978-7-5484-7005-2

Ⅰ.①火… Ⅱ.①司… Ⅲ.①诗集－中国－当代
Ⅳ.①I227

中国版本图书馆CIP数据核字(2022)第242417号

书　　名：**火的性格**
HUO DE XINGGE

- -

作　　者：司　奋　著
责任编辑：李维娜
封面设计：悟阅文化

- -

出版发行：哈尔滨出版社（Harbin Publishing House）
社　　址：哈尔滨市香坊区泰山路82—9号　　邮编：150090
经　　销：全国新华书店
印　　刷：成都市兴雅致印务有限责任公司
网　　址：www.hrbcbs.com
E－mail：hrbcbs@yeah.net
编辑版权热线：（0451）87900271　87900272
销售热线：（0451）87900202　87900203

- -

开　　本：880mm×1230mm　　1/32　　**印张：**5　　**字数：**80千字
版　　次：2023年3月第1版
印　　次：2023年3月第1次印刷
书　　号：ISBN 978-7-5484-7005-2
定　　价：65.00元

- -

凡购本社图书发现印装错误，请与本社印制部联系调换。
服务热线：（0451）87900279

寻常的生活需要诗歌来装点

——司奋诗集《火的性格》序

陈法玉

  寻常的生活，无非是衣食住行、生老病死之类，至多，再加上些爱恨情仇，仅为此动物一样地奔波劳碌，了无生息地过完一生，却又是那么的乏味无趣。所以，当我们有点文化能读书写字，就要设法让自己的生活变得丰富多彩，变得饶有兴味。如此，我们就会不约而同地选择诗歌。诗歌不是空气和水，为我们的生活、我们的生命所必需，但是诗歌无疑会是一朵鲜花，让我们的生活变得美好起来。读司奋的诗就有这种感觉。寻常的生活在她的笔下、在她的诗里，是那样地充满情趣、充满诗意，又富有禅味和哲学意义的把玩。

  《火的性格》是司奋结集出版的第一本诗集。一百多首题材多样、风格迥异、表现灵动、彰显才情的诗作，是司奋对自己多年爱好诗歌写作的一个阶段性的总结。诗集共包括"我的家乡""昨夜星辰""路上风景""爱上层楼""馨香驿站"和"三言两语"等六个部分，绝大多数都是短诗、小诗。作者通过这些诗歌，表达了自己对家乡的热爱，对生活的体察，对人生的感悟，对命运的叩问。在写作这些诗歌的过程中，作者实现了把自己的生活变得精致起来、美好起来、达到一种期于精神境界的初衷。这就是诗歌的力量，这就是文学的力量！

司奋善于从万象中寻找意象。意象是诗人表达主观情感的载体，意象的选取事关一首诗歌作品的成败。司奋深谙此道，能够从不起眼的物象中寻求恰到好处的意象，成就自己的诗歌。《年的味道》一诗，用"爆米花"象征一年集聚膨胀的日子在过年那天随着"砰""砰"的爆竹声炸裂，结束后，再等下一年的"砰""砰"声。《秋天的早晨》用"憔悴的莲叶"象征美人额头的沧桑。这首诗重点写了池塘里的荷叶和莲蓬，那个曾经叫"荷花"的美女，在秋天里"洗尽铅华 褪去娇柔 归依简朴／养育呵护子女的样子／……让秋天的早晨饱满且厚重"，这无疑是司奋一个人的《爱莲说》。《包裹》也是这样。利用"包裹"这一意象，作一番上天入地的类比：天包裹着地，城市包裹着某幢楼，某幢楼包裹着某房间，某房间包裹着我，我又包裹着什么也说不清。诸如此类。

司奋善于从流俗中挖掘新意。最能代表冬天凋零景象的是落尽枝叶的树木，人们面对冬景往往是顾影自怜、悲从中来。但是司奋的《冬天的樱桃树》就不是这样。"曾经 如花的容颜／被春光收回了／曾经 俏丽的绿裳／被秋风一片一片地撕剥／冬天的樱桃树 只剩下一副骨骼／如剑 如矛 直刺苍穹／如一个人的落寞／穿透如水时空"。这里，没有叶子和花朵的樱桃树，俨然是一个勇士的形象，然而，它如剑如矛的骨骼，并不是要与什么人作战抗争，而是淡然地去面对现实，将一切看淡如水并毫不费力地穿透。《雪·白云下凡》，单看题目就美不胜收，充满诗意，为了这个题目，就该好好地写一首诗。是的，她写成了。诗酒不分家，从古至今写酒的诗歌汗牛充栋。司奋

也写酒，她在《坛酒》里写道，"坛子里封着浩荡的江河湖海/
封着华夏英雄几千年来澎湃的豪情/在坛子里是液体/进入身体
变成烈火/激荡起汹涌的海啸"。诗的激情跃然纸上，诗的写法
新颖别致。

司奋善于从定式中进行反思。《凤凰》一诗，并没有直接
写什么凤凰，诗人想说的凤凰，只是流水幻化出的若有若无的
波光，凤凰在心中，眼睛随便一瞥，就能勾勒出凤凰的影子。
凤凰并非浴火才能重生，灰烬也能让凤凰呼之欲出。说莲花出
淤泥而不染，不需要去诋毁污泥来证明！这个说法，好！莲花
的清雅高洁，真的不需要用污泥来反衬。可否这样试想一下，
不正是由于污泥的滋养，莲才能开出那样田田的叶子、开出那
样硕大芳香的花朵吗？如此说来，污泥倒是忍辱负重的幕后英
雄了。所以，什么事情都要从正反两个方面来看。司奋的两首
写蝉的诗，也给人留下比较深刻的印象。蝉在洞穴里发现了一
丝光亮，就会义无反顾地与黑暗决裂，忍受蜕皮和烈日的炙烤，
去为新的生活高歌，表现出了一种积极向上的人生态度。《你
和我》这首小诗，隽永含蓄，值得玩味。"你和我/……是两
盏灯塔/通过电缆/不远千里地相通/你若辉煌/我便灿烂//你
和我/相连相通/却不能相亲//你和我/是一道墙的正面和反
面"。类似这种意蕴深厚又富有哲思的小诗，在司奋《火的性
格》中比比皆是。

司奋善于从感悟中提炼词句。感悟是写诗的原动力。怎样
将感悟通过让人耳目一新的字词呈现出来，是展现作者语言能
力的最好方式。司奋的语言能力是值得肯定的。《春天的树林》
中的"嫩叶就发出泛金流光的哗哗声"一句，"泛金流光"不
仅装饰了嫩叶的形状，也给"哗哗声"赋予了看得见的视角形

3

象。《韩山喊泉》先声夺人，起笔"群峰不约而同地向四周挪了一下"，就把山中盆地的形成一下子写活了。《老城印象》中的青石板路，被时间磨露出粗粝的筋络，"如孔乙己被滞留在时光深处的灰色长衫"。青石板路，灰色长衫，两个不同的意象联系在一起，是那样的和谐、形象、生动、美妙！

司奋写诗是认真的，是倾情的，是惬意的。读了她的诗，能够体会到写诗给她带来的那些美好和享受。期待司奋以诗集《火的性格》的出版为新的起点，继续为读者奉献出更多的精品佳作。

陈法玉，中国文艺评论家协会会员、文学创作二级、宿迁学院客座教授。

火的性格

HUO
DE
XINGGE

CONTENTS

第一辑 我的家乡

第二辑　昨夜星辰

火的性格

HUO
DE
XINGGE

第三辑 路上风景

第四辑　爱上层楼

火的性格
HUO DE
XINGGE

第五辑　馨香驿站

第六辑　三言两语

火的性格

HUO
DE
XINGGE

第一辑

我的家乡

春天的树林

上千亩的树木可以称为森林
春天的树叶还很稚嫩
还不能够把树冠下的空间
——垄断成一个独立王国
三维空间里尚留下许多稀疏的空隙
阳光毫无顾忌地射透了林子
嫩叶轻易被阳光渲染
风也在林间畅游
轻轻一吹
嫩叶就发出泛金流光的哗哗声
却被清丽婉转的鸟鸣覆盖
鸟鸣反复在试探林子的幽深

林中空地上各种各样野草野花
比嫩叶深沉睿智
似乎全都是森林里的长老辈
端坐着思索：
人会不会再次回归林子
在自然中疗伤治愈

春 雨

桃李杏梨花已经开了
去年枯败的地方又长出了新绿
已经枯朽的
春雨是最后一把野火
焕发出新活力的
春雨是乳汁
是荡涤尘垢的温泉

春雨贵如油
似乎也成为一个远去的传说
春雨不是细如牛毛
也不是淅淅沥沥
而是哗啦哗啦下了一阵子
躁脾气一样
吻合现代人的生活节奏

雨中早已经不见撑起伞来慢慢走着的人
我以最快的速度赶到班上
坐下来收敛血脉偾张的身心
望着室外的迷蒙

迷蒙中隐约着千万条银丝

汹入心　　汹入肺

感受久违的清凉　　温润

深深地呼吸

吐故纳新

像刚经历了一场死里逃生

火的性格

HUO
DE
XINGGE

冬天的樱桃树

曾经　如花的容颜
被春光收回了
曾经　俏丽的绿裳
被秋风一片一片地撕剥
冬天的樱桃树　只剩下一副骨骼
如剑　如矛　直刺苍穹
如一个人的落寞
穿透如水时空

韩山喊泉

群峰不约而同地向四周挪了一下
有了山中盆地
中有一幽静神秘的湖泊
湖泊中间就是传说中的喊泉
许一个愿望吧
喊泉会把愿望传递给神仙
对着泉直抒胸臆
悠悠地从低到高使劲喊
泉水徐徐喷到蓝天上
稀薄成缕缕白云
那一刻
身心也跟着一起飘逸
那一刻
空灵中有虔诚

火的性格

HUO
DE
XINGGE

红石榴

院子是一个微世界
风雨冰霜雷电一样不少
石榴成熟了　虽然内敛许多　也还是红的
是那种用来形容日子红红火火的火红
有傍晚红月亮的圆润
叶丛浓绿似天上幽暗的云
不能掩盖　是衬托
近中秋了
庭院里的从头到脚一身灰的老妇人
看着亮如红灯笼的石榴
觉得和愈来愈凉薄的季节不太合宜
她早遗忘了
年轻时候　即使在冬天
眼睛里边也全是红色的毛衣、棉服
是初夏石榴花那种灿烂奔放的红

花之酒

花与酒的相遇是一个传奇
其中必有一个热爱自然的女子

缘来自一种香打动了温柔的心灵
无法言喻的美妙感触
欣赏，流连
一缕微风来，娟娟的花儿随即飘于美女素掌
不忍抛却
怜惜它美丽又易逝
找来曲颈的玻璃瓶，封藏于酒中

十八年过去了
仍然美丽优雅

喜庆之时，大宴宾客
花香不减昔时

火的性格

HUO
DE
XINGGE

家

是出发点也是终点

立在心里像泰山
每时每刻都想把你紧紧地攥着
用一道一道的律令
用一把一把的锁

用血汗
用青春
用所有美好的愿望
把你逐渐打造成理想中的宫殿
里面有天伦之乐
有柴米油盐酱醋茶
有家事国事天下事
有风声雨声读书声

有时候也像一个金丝笼

人像被牵制的风筝
无论走得多远多久
总迫不及待地回归

老城印象

走进老城
随处可见一抱粗的参天大树
葳蕤枝叶投下大片阴凉
好多低矮斑驳的古建筑
进进出出过几个朝代的人
像渺茫的褪色的记忆

略显窄便的青石板路
被时间磨露出粗粝的筋络
如孔乙己被滞留在时光深处的灰色长衫

老城
酒店像图书馆
一草一木都带有诗人遗留下的书香

火的性格
HUO
DE
XINGGE

走进老城
街上人们有序地往来
神情自若
衣着休闲舒适
似乎都进入返璞归真境界

年的味道

"砰""砰"……
爆竹开花遍神州
日子像被膨胀过的爆米花
散发出美味香甜
火树银花不夜城
莺歌燕舞过大年
放大了的幸福满溢
杀猪宰羊捧出美酒，呼亲唤友
充满仪式的日子，说乐忘忧
把庭院里的太阳晒得暖暖的
把客厅里的气氛调到最闹的

些许天后，又将分散
在密封的乾坤里随斗转星移
把生活再三加热
待来年"砰"地
再把日子膨胀成丰硕的爆米花
美味香甜

鸟鸣（一）

又一次写到鸟鸣
它随着清晨第一缕光线
飘进了昏暗的卧舍
并不能理解鸟鸣的真正意义
在某人
却犹如自动打开的一个八音盒
又像某些虚幻而缥缈的理想

隔壁学校的起床音乐
也飘了过来
那是修饰过后的鸟鸣
它使早晨昏暗光线清亮了许多
使人很快从昏沉的状态中
清醒并瞬间愉悦
对新的一天又充满新的期待

火的性格
HUO
DE
XINGGE

秋天的早晨

草地上　每一株草尖上都挂着一颗露珠
每颗露珠里都有一个世界
让人羡慕的透明且璀璨
池塘里　夏天迅速铺张的荷叶
一个得意者漾开的笑纹
在秋的凉薄中
收敛盲目的乐观
憔悴的叶边如美人额头的沧桑
却从没有美人的凄怨
骨感的莲蓬立在枝头
是那个叫荷花的美女
洗尽铅华　褪去娇柔　归依简朴
养育呵护子女的样子
它仍然亭亭净植　不枝不蔓
让秋天的早晨饱满且厚重

三月桃花

一

三月风，温柔的手
藏在褐色枝条上的叶儿花儿
终于憋不住了
"噗哧"一笑
世界从此美丽芬芳起来

二

和风微醺
桃花的脸愈来愈红
心事已经大白于天下
那个人仍然懵懂青涩

三

历尽冬的磨难
更珍惜春的温暖
万物竞发
天地间充盈着昂扬的生命力

火的性格
HUO
DE
XINGGE

深 秋

如历经沧桑的成熟的母亲
慈祥地微笑
有温度
有照进子女心底的光彩
有宁谧的静
是燃烧着的
人间烟火
火光熊熊中
有种子的香

遒劲沧桑的枝干
努力向往着
向上的精神状态
藏着世俗的轮回

逃离
是另一种成长

说着那冬天

北方对冬天仍心有余悸
隐约可听见震颤，磕碰的牙齿
挤大米烧汤喝，紧捂隐隐作痛的肚子

冬呵一口气立马成了霜雾
雪挟冷寒之芒
发出冬天夺命追杀令

人有逸情
归类了风花雪月

冻僵小河的脸，孩子眼中新奇的路
踏碎，拖起大大的一块仍向远处
碎玉琼花瞬间在冰面上绽开
水在下面仍然柔软流淌

水流到屋檐成了冰溜子
太阳底下滴滴答答的水帘

妈妈把洗脸盆放到煤球炉上

火的性格

HUO
DE
XINGGE

热水盆里肿胀的手，开春黄土样酥

热水泼进冰天雪地就是一个窟窿
寒风中晾着鸡鸭猪

饭点是一家团圆时
看父亲把白酒倒一些在白瓷碟里
划一根火柴，淡蓝色的火苗升腾
装着酒的锡壶架在蓝火苗上
待到面红耳热，父亲慢慢地打开了话匣子.

晚上，一家人围着火炉
父亲讲一个古老的故事，财主逼长工换宝衣
夜里，睡在奶奶的脚旁，单薄的被褥里
冰一样的腿被搂进温暖的怀抱

紧闭的门窗外，远远地
猫像婴儿一样嚎叫，在呼啸的风中

四　月

一

去年　秋天落叶早早进入冬眠
现在　能活的都活了过来
在枝条上婴儿般
微微摇晃着
不能活的　腐朽了
已被掩埋

二

有我喜欢的气息　香的　甜的
有我喜欢的声音　百灵在唱　夜莺在歌
有我喜欢的色彩　红的　粉的　黄的　绿的
是我喜欢的温度　不冷不热　刚刚好
恰如周围那些气定神闲　淡定从容的面孔

火的性格
HUO
DE
XINGGE

三

大片大片的桃花　杏花……
是春天迫不及待引燃的礼花
香艳　浓厚的脂粉还悬浮在四月
四月　一泻千里的青翠

让三月的香魂皈依

有的　为你和五月留白

四

我的思维　比起三月的兴奋冷静了些

却更容易沉溺于某处风景

紫藤花只取丁香的一点烟霞

淡淡的晕染　却更风姿绰约

木香花用梨花月光般的皎洁　却更精巧细致

仿佛那些彩色　柔荑的手

五

三月是一个红光满面　风风火火的狂放孩童

经过清明缅怀先辈的沉思　落花成冢的感伤

四月已经出落成一个沉稳的　知性优雅

的　美如玄月的女子

玄武湖樱花节

风
光
水
山
人
草木
哪儿都有

不辞辛劳
千里迢迢
带着悠长
悠长
无限悠长的思
来到这里

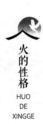
火的性格
HUO
DE
XINGGE

这一处
风光水山人草木营造的美景
超过了想象

这一刻

思轻飘
思飞升

一只孤独的蜉蝣
失去了自我
融入一种情境

一个所谓智者："一切繁华都是假象"

热爱这假象
享受这假象

太平盛世
锦绣华城

苦与忧患
暂息

油菜花

一枝或数枝娉婷摇曳
携春光照亮村子的角角落落
又如朴素的村姑
在乡村里眺望

郊野，孩子们的风筝在飞
飞不出那大片大片眩晕的金黄
花开时节倾城
竞相观赏的不只是油菜花本身
是灿烂阳光织成的大海
不用坐船
徒步深入
在鲜艳的荡漾中
触摸春天的热烈

火的性格

HUO
DE
XINGGE

与人同行

没有人去评价一只鸟的行迹
只有羡慕它的自由自在

一群人同行
有人超然物外
脸上的微笑，似黎明时天边的孤星
让人高不可及

焉因为在人群里而兴奋
想表达自己的热情和愉悦
却又讷讷

焉平常像她的名字
只是在人群里
她拒绝冷漠

与人通行，焉现出了另一面
焉想，这样算不算矫情？

运动是一种荡漾

在沭河健康步道上
你从我身后走过
你走你的路
我赏我的景
戴着口罩　布帽
只露出一双眼睛
天空一样远
楼一样坚强
桥一样坦然
河水一样清凉
你我在走
草木在生长
河水在流淌
白云在飘
世界不停止运动
这运动是荡漾
嘴角上扬
是花开样的微微荡漾

火的性格
HUO
DE
XINGGE

醉美花乡沭阳

题记：沭阳花木种植始于唐代，盛于明清。沭阳是南花北卉全国知名集散地，素有"虞姬故里""花木之乡"美誉。

现代大数据＋产业链建设，让沭阳成功走出一条"互联网＋三农"发展模式。苗木兼鲜花，种植向园艺，绿色向彩色，卖产品向卖风景，几大转型加快了沭阳的发展。

从曾经的贫穷落后县蝶变为"全国百强县"，沭阳"花园城市"的美丽图景已经呈现。

花乡沭阳，花的海洋
月月有花，季季有景，处处公园
郊野公园、主题公园、社区公园、口袋公园……
空气里，一年四季都有花木的馨香
把灵魂轻轻地浮起来
人含笑，草木有情
无处不闪烁着大自然的神性光泽
真正美好的日子和向往的日子重叠在一起
陶渊明的田园
梭罗的瓦尔登湖
已嫌简陋

花乡沭阳
每年每度都倾国倾城
树叶能多绿就有多绿
花儿能多鲜艳就有多鲜艳
像花乡人生命怒放的样子
你能想象出多美就有多美
在柔软的心里
在渴望的眼睛里

花草树木的灵秀
沟通了天与地，光与影
花乡大地充满了生命的灵气
氤氲出如诗如歌的风韵——最美、最香的城
一弯河、一条街、一个公园、一栋楼
藏着许多沭阳人的故事
藏着许多沭阳人的爱恋
藏着沭阳人沸腾的心
在崛起的路上

火的性格

HUO
DE
XINGGE

第二辑

昨夜星辰

11月17日夜，风雨大作

呜呜呼呼、噼里啪啦……
天地间一只巨大的兽在肆虐

院子里迟迟不愿离去的叶子
这回该是要一下子掉光了吧
每一片叶子，都代表一个社会人
每一片叶子，都有一种情的寄托
亲情，友情，数面之缘……形形色色
都如一片叶子样脆弱

明天早上如何面对成堆的枯萎
其实，只要活着，来年树上又会长满新叶
就如继续活着，又会接触到许多喜欢和不喜欢
的人和事
一个人就如一片叶子，陪着你经历了一段时光
四季一样，有温暖如春，有风雨交加，有冷酷
冰霜……

火的性格

HUO
DE
XINGGE

凤 凰

鲜美饱满的果浆
消弭于流水
核，也许装着恐惧
也许是精华——成熟睿智通透的灵

沙滩上从不缺少新的传奇
流水幻化出飞翔的五彩凤凰

茵茵绿草
下面是记忆、是创伤、是坟茔
莲花出淤泥
不染，不需要去诋毁污泥
来证明

浴火
灰烬也能重生
凤凰

故　事

随着……
死去
随着……
又活了过来
……

一个一个故事
洞悉许多种人生
魔鬼的冲击力大于天使
恐惧忧虑大于喜悦
渐渐地
放下许多

午夜梦回
有你的那一段
仍然
喜大于悲
笑多于泪
有你的故事
仍执迷不悟

火的性格

HUO
DE
XINGGE

黑夜。梦魇

夜是黑的代名词

夜能淹没许多
淹没的部分　可供许多人臆想
包括一个人的一段生活

不能拒绝夜的来临
就像一个疲惫不堪的旅人
无法拒绝暂时的安逸
如一个结茧的蛹

那个是否可称为灵魂
挣脱了所有的束缚
冲破黑夜的死亡
让如蛹的人得到一次机会
幻化成自由自在的蝶

黑夜上演了某些离奇的生活
某些梦魇仍然存活于人的思想

六　月

阳光让人无法直视
如金色麦芒
刺痛眼睛流泪
芭蕉在尽全力舒展
你内心暗流涌动
卸下更多的伪装
一缕布纱暴露很多秘密
愈来愈接近自然

六月第一天是儿童节
无知无畏　天真无邪
仍在帘幕叠翠深处
试着像儿童一样单纯
解开心结
你也可以得到蜻蜓御清风飞翔的乐趣

"愿你漂泊半生
归来仍是少年"

火的性格

HUO
DE
XINGGE

梅雨季（一）

雨滴滴答答地下着
像没完没了的时间
荷叶被水淹埋
本以为是水中植物
会在水中自由　自在
谁能想到它在水中的煎熬　窒息
根还在淤泥里
无法像鱼儿无牵无挂
水再涨鱼儿也能浮出水面

雨滴滴答答地下着
速度快而决绝
像没完没了的时间
满了池塘
用什么和时间对抗？
荷叶想和时间赛跑
可是，从完全撑开叶面的那时候起
就收敛了再向上的心态
自小在水中长大的
最终却溺死在水中

梅雨季（二）

蒙蒙的，如烟似雾
悄悄的，似有似无的淅沥声
是怕惊醒一场梦

梅雨霏霏
阴沉的脸
眉纠结
是从不承认的虚弱

还想写一些空的、凄的文字
内心千转
心思结　难解

花木愈发葱茏
旧物却上了霉

火的性格
HUO
DE
XINGGE

年

新旧交替之际特有的一种喜悦与冲动

渐渐麻木

如品尝过的好多次盛宴

滋润了日子　却润物无声

年是东逝的水

是一朵接一朵盛开又陨落的花

喜　怒　哀　乐　怨　恨等情绪无穷无尽

循环往复

无数只手于年的深处牵牵绊绊

脸上有电唱盘般的痕迹

断片总比能演绎出的多

不能选择遗忘

也无法选择记忆

鸟鸣（二）

似穿透晨曦的一缕明亮光线
似清新空气中飘逸的淡淡花香
耳中的鸟鸣都似百灵的婉转
只有在心情恬静时才会倾听到鸟鸣
鸟鸣似乎不掺杂着任何情绪
有时急促，有时悠扬，都清脆悦耳
如一个擅长控制自己情绪的智者
只把最好的一面呈现于世
鸟鸣本身可能也没具体含义
只是鸟儿在大自然中刷存在感的一种方式
也正如此时我写下这些毫无意义的话
只为表明还在思想
许多人的话，不论意义如何，都变成了鸟鸣
而自己说过的话
仍然字字清晰
如一条在岁月野草掩映下时隐时现的路

火的性格
HUO
DE
XINGGE

失眠（一）

失眠　半昏迷的人生
混沌的黑夜　挂在冬天干枯黑魆魆的树梢
失眠却让一切再萌芽抽叶　瞬间鲜活清晰
如暗器命中敏感中枢

失眠是架在脖子上的
自己却用力推进身体的刀

失眠像玩火　焚烧自己
如三岁孩童跑进污水里去踩踏
虽兴奋却没有孩童的天真快乐

失眠是灵魂与肉体互相折磨

以后　还会不期然地一再和失眠狭路相逢

每一次失眠都是对继续腐烂的反抗

失眠（二）

夜把一切都装进行囊

企图以眠的形式

让世界归于一体

归于宁静

有人正处于一个故事的旋涡

在苦苦泅渡

一个声音念起《心经》

……

五蕴皆空

……

水孩子

童年时　小伙伴们常在家院门口空旷的地方
在满月的夜里玩耍
长大后
像天上散落的星星
互相辉映着
那光芒就如刺猬身上的刺
光芒有多长
之间的距离就有多远
长大后喜欢听奔流湍急的水　哗——哗——
如一群孩子发出的喧闹
喜欢听一滴水滴落的　叮咚　叮咚
如一个孩子发出的无邪的笑声
童年的伙伴
就是一群水孩子

微笑与哭泣

微笑
什么在裂开

裂开
什么在进来

进来
什么在出去

出去
谁在哭泣

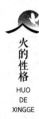

哭泣
和微笑是一对姐妹

相爱又相杀
是姐妹

月季。虚度

花落花开
默默地顺应季节
从未想去表白什么
更不想去争论什么
只是活出了该活出的模样
静悄悄地开　静悄悄地落

人间四月芳菲尽　繁华落幕
五月的绿荫里　你姗姗来迟
亭亭玉立　不忧不惧

你与我　彼此只是时间里的一个斑点
你谁也不期待
我沉浸在自己的故事里

夜　空

曾经见过的
又失去的
一生一世都想着寻找的
那种理想中的蓝
一如从前故事中的夜空
整个世界都进入了安谧的梦

与一个人离别的时间要多久　多远
才看清　原来这蓝是她围着的一方巾
她的容颜如月一样地皎洁
她的黑眸缀着闪闪的星星
流星像萤火虫一样从她身边绕过去
她的长发如被风拂动的冬天的树梢
飘逸　律动成一首小提琴演奏的安眠曲

火的性格
HUO
DE
XINGGE

一件小事情

走在路上
心里有一件小事
什么也不能把它改变
默默地欢喜

回望来时的路
才知道自己并没有改变多少
仍执迷不悟

没有目的
没有目标
就这样走着

心里边只有一件小事情
因为有了它
风轻云淡，默默欢喜

一条干涸的河

一条河干涸了
在愈来愈凉薄的世界里
像一只被盗空了的杯子
呈现出虚怀若谷
想沉默地负载起另一种使命
——与路融为一体
可它黑黑的脊　低洼
虽然　也雄浑　苍茫
想拥抱什么却又空空如也　或许会遭人嘲笑

嘘……不能责备它
就像不能抹杀人的睡眠
你叫不醒它　我也叫不醒它

春天的几滴热泪会令它悠悠醒转
恢复作为一条河的存在
就如睡美人睁开了眼睛　立刻光彩潋滟
——翠叶　鲜花　锦鲤　鸟鸣　微风　阳
光　……一起蜂拥而至

火的性格
HUO
DE
XINGGE

沂河大堤

在人间四月天里
倾倒，只因为望了你一眼
便为你倾倒
你是那么地深邃敞亮
像坐着过山车
你拉着我一起
以风的速度
在你蜿蜒千里的玉龙身体上滑行
在你蜿蜒千里的绿甬道里飞翔

太阳是绿色的
风是绿色的
水是绿色的
鸟鸣是绿色的
车子是绿色透明的
你是绿色的
我是绿色的
只有不断闪烁进甬道里的光芒是金色的

没有起点，没有终点
你拉着我，我拉着你
以风的姿态

萤火虫

如墨的夜
一颗流星灿然
曳过夜空，陨落

一个黑匣子
吞噬了一切
世界诡异地遁入空门

一个小小浮游
把流星的末
粘在尾巴上
从远古到现在
穿破夜的暗

只是为了某一刻
成为你眼睛里的光彩

火的性格
HUO
DE
XINGGE

雨　点

太阳滑入西天的长河
洗浴，休憩
舞台拉上黑幕布

台上渐次亮起璀璨的万家灯火
太阳把一盏具有它的影子
又具有白天质地的大灯笼高挂在上方

后来起了风
把灯笼亮光的碎屑刮得到处都是
像抛洒的雨点
清凉又干净
又像心里的一些忧伤

鸢尾花

该生长的时候生长
该开花的时候开花
要长就长成最美的样子
要站就站成天地间最优雅的姿态
不为取悦谁
只是为了仅有一次的生命
无喜无悲　无情无义……
没有什么框框去约束你
不像人多愁善感
总会有些泪
只能流向心里
如果有人的善恶
还会这么安详　自在　优美?

来生愿做一株鸢尾花
站立在清澈的春水边
在开花的季节
洗尽一身沧桑
只为与你相遇的一刹那

火的性格
HUO
DE
XINGGE

第三辑

路上风景

雪·白云下凡

在风中飘忽，太轻了
任性地跨越遥远
为了一场浪漫的旅行？
向世人展示你的魅惑？
愈寒冷，你愈美丽

你让树美出了境界
梨花开也没有这么纯洁，这么繁华
你用童心，把凡间一切用白云包裹
屏住呼吸，放轻脚步
在你的王国里徜徉
像信步在曼妙的云海
你的爱遍及万物
昙花一样美又易逝
太阳的万缕金丝接你回天上
而你已悄悄地融进了凡尘
去触摸去拥抱来年的春

火的性格
HUO DE XINGGE

百花衾

在最寒冷的冬天
给自己铺上繁花盛开的衾被
如造了一个花园
花园里很温暖
假想是身在美丽的春天
自己就是花根下那干爽的仰面朝天的一粒尘
有和风　有花香　有鸟（耳）鸣　有些许慵懒
时间　流水　风把我带到了这里
此刻　我是自己又不是自己
今夜一切安详

不一样

一花树
一旦释放自我
就是天地间的
精美绝伦

一个女子在花树下徘徊

一群人走过来
又一群人走过去

看树的目光
看人的目光
不一样

火的性格

HUO
DE
XINGGE

参观南京博物院

物
见证着一个个时代
见证着生生不息
顽强的人性
背后毋庸置疑都有个
波澜壮阔的故事

浩瀚的物
似苍穹里散落的群星
又似从远古蜿蜒曲折而来的灯塔
散发文明之光
照耀从四面八方围聚来的参观者

所谓哲人说：
"人一思考，上帝就发笑。"
"人生没有意义可言。"

从爬行
到直立行走
从听凭大自然的宰割

到现代高科技
富有内涵的物
见证人类创造的奇迹
让后来者找到超越的目标
明白不要抵达什么
只要一直在前行的路上

火的性格

残 荷

时间是淬炼的火
剥去美色和丰腴
袒露背后
留下传奇

残荷披霜覆雪，凛凛如铁
斑驳成一幅古拙的写意画
以天地为背景
立定如佛
一种站立，无关生死
一种姿态，无论美丑
一种死亡，不言沧桑

一个人跋山涉水
停驻在一池塘边
凝视满池残荷
沉思着呢喃："哦，原来你一直在！"

初秋的雨

让繁衍到极致的熊熊绿焰
停下来
从迷顽的牛角尖
扭转乾坤

是月亮从乌云的豁口里露半边
洒出的清辉
冷静万物发烫的神经
在夏这垛燃烧正旺的柴上
显然杯水车薪

空气中弥漫馨香
传递一种讯息
再加一把劲
让果实沉甸甸地从红尘跌入
下一轮幻境

初 夏

又在树下支起凉床
童话依然挂在树上
记忆仍然飘在树梢
秋千还在树荫下摇荡
……

林间鸟鸣流淌
水面波光粼粼
是风在拨弄

树隙间闪烁的阳光
欲言又止的唇
微风，片片飘拂的羽毛

如手，轻抚你翡翠身躯
所过之处片片温热，如从前

春天。一朵花

吃过生活的苦
不是放弃或作恶的理由

从未停止脚步
终于浩荡而来
温润如玉如前

布满伤痕的枝抛开黑暗和不幸
将心事包裹在一朵花里

热爱，看不见的力量
突破桎梏
春天在枝头绽放

所有的向往，蕴含在花开里

火的性格
HUO
DE
XINGGE

此时是最美好的时光

此时是最美好的季节
天地万物都收敛些戾气
太阳的恩泽，沐浴万物
亘古而来的永恒者
树隙间刹那金色光华
像一个顽皮的精灵

一阵秋风吹过
枯叶蝶纷飞
坠落的姿势
像一个扑进母亲怀里的孩童

立秋以后，无形的坍塌须臾不离
"死的只是狗"
随着清风在秋色里飞升的
溢满柔软的心灵

冬。暮。野外

野外的苍茫，空旷
正如此时的心境
眼光的远方
血色夕阳斜挂林梢

路一览无遗坦荡蜿蜒
偶尔，一辆摩托风驰电掣样掠过

立于路头，何去何从地踌躇
苍凉，洪荒是来野外的追寻
此刻，正随暮霭弥漫
却闭上眼睛，拒绝让它触摸

黑魆魆光秃秃的林是孤独的影子
成群的鸟儿不知去向

清脆悠扬的钟声，一种召唤
无数次叩问，没有答案

过路人无来由诉着热肠
陌生，只有疑惧，逃避
可像现在的你我

火的性格

HUO
DE
XINGGE

冬天的树

冬天的树
枝头的残叶仍在摇曳
伤口处又冒新的芽
新生的希冀
被严寒残酷地镇压
冬树
撑一把破漏的伞
屹立于呜咽的季
沧桑遒劲的枝干
孕不屈的魂

光与影的交织

光与影的交织

有人只盯着阴暗
眼睛里渐失光明

有人想有缝隙才会透进阳光
心里有了感动

人不能长时间站在阳光里
比如夏天

人也不能长时间沉默在黑暗中
比如黑夜

光与影的交织
营造美妙的风景
如阳光经过雨雾会变成彩虹

火的性格
HUO
DE
XINGGE

花 田

像阳光
像月亮
你一直都在
思里，不会有你是我的

香
随空气进出呼吸

滋养，有一种精气神
无形于天地间

一朵花开
一个人的一生

人有诉不尽的悲欢离合酸甜苦辣

花朵一如从前
天地初开之始

流星雨

哗啦啦的雨停了
植物洗去燥和灰尘
重新梳妆
亭立

随风摇一摇
熠熠的流星纷坠

一刹那的空间逆转
流星雨被植物吸收
这应是其保持一贯冷静的秘密

火的性格
HUO
DE
XINGGE

落叶（一）

冬开始新一轮收割
世界更净，在凛冽的风中
阳光哗哗流逝，树叶上
有刀刃的寒芒
有月光的轻郁

心思，斩不断
卷入叶的梦境
凌乱，憔悴
在霜冻的时空里
脸红耳赤

旅　行

一个喜欢旅行的人
是一个孤独的人
仍逃脱不了戴着镣铐舞蹈
戴着镣铐舞蹈的某个日子
突感疲惫
在压死骆驼最后一根稻草之前
毅然决然地背起行囊
来一次说走就走的旅行

独自隐入另一个陌生的红尘
在某个老城，找一安静角落
把所有撕扯的暂斩断

火的性格
HUO
DE
XINGGE

舔舐伤口
在陌生的世界里
暂获自由

牵牛花

清早被你惊艳了
还是昨天的你吗？
哦　昨早雨　你没开
老怀疑　今天和昨天有什么不同？
思索一下后　答案是肯定不同
万事万物演变　造成一个个日子的不同
细思，不同的是世事
宁愿相信　你还是昨天的你
而人日衰
每一次的盛开
这样的饱满生动　直击我的内心深处
你如孩童天真烂漫的微笑
你似古老的美丽传奇流传至今，只剩下一条
滋润人心的涓涓细流
世事无常演变　无法改变你
不染世事沧桑，一如初心

秋　晨

草地上，每一片草尖都挂着一颗露珠
每颗露珠里都有一个世界
让人羡慕的透明和璀璨

池塘里，荷叶在秋天的薄凉中
收敛盲目的乐观
憔悴的叶边如同美人额头的沧桑

天空高远，仿佛从一诞生
就要离人远去

火的性格
HUO
DE
XINGGE

秋　叶

还有几许青涩不肯褪去
在留恋　在缠绕

每一次改变都无可倒退

起初　黄透的几枚总会被摇落
就像佳人对着镜子拨除几丝白发

在秋风中成熟、飞翔
是叶子的选择

芍药自语

听见赞美
也感受惊艳的目光
而今
终于成为最好的自己
我是为这些努力的吗?
这些我真正想要的吗?

它
在我枯萎时
仍敞开胸怀

向上开花
迎来赞美
向下深耕
走一段寂寂无闻的路
一样漫长,一样坦然

火的性格
HUO
DE
XINGGE

树无语

树叶飞上树
树无语
树叶飞下树
树无语

鸟雀如树叶
叽叽喳喳，飞来飞去
树无语

水　杉

褪去华服
树木露出来的铮铮铁骨
是每一次确凿无疑的思想触觉
它在寻求什么
还只是在更多地占领
难道它和你一样
伸出去的是桥梁
是橄榄枝——自信　友爱
水杉是树中君子
优美　正直　自律……一切美的辞藻都实用
不与他树抗争
努力向着最高——最明亮处
你思想的触觉　有水杉的优雅
更会主动吸收万物精华
然后内敛　滋润灵魂　长成一棵苗壮水杉
然后由内而外　一股天地间激浊扬清的力
尼采说他是阳光——普照万物
鲁迅说他是发了疯
作为一棵树　水杉刚刚好

坛 酒

坛子里封着浩荡的江河湖海

封着华夏英雄几千年来澎湃的豪情

在坛子里是液体

进入身体变成烈火

激荡起汹涌的海啸

雾

如清水中混进去牛奶
欲白却清
欲清却白
如眼底浅起了一层水汽
似看清却模糊
心里有恍惚
车得缓速小心翼翼
如被晨风吹得四散的炊烟
这俗世的尘
明知道是微粒组成的霾
对身体有害
却仍生难割舍的眷恋

这一刻
似乎神仙混迹于凡俗

下雪了

下雪了
邀三两好友
于某空中楼阁酒店，临窗而酌
一边闲聊，一边漫不经意地瞄着落地窗外
以温馨的心情欣赏风雪女神曼妙仙姿
有梨花的纯洁，有桃花的芬芳
慢慢体味这些晶莹剔透的冰之花舞之乐
是她的欢乐，也是她的祝福
看她慢慢地征服着整个世界
我们变得愈来愈喜悦，愈来愈安静

心宁静了许多

我应该不止一次来过这里
这里是我无数次神往的地方
穿过白杨林是大片碧绿的田野
下午的太阳光如成熟麦子的金黄
无私又亲昵地亲吻着万物的面颊
一切都笑吟吟的静受其洗礼
这样的景象让我心渐趋宁谧
愿和那一缕微风做伴
永远徜徉在这温和的恩泽里

情感如水流淌泛滥
却无法用文字确切描述眼前大自然的华妙
思想，不，整个人
已经融进了眼前的美景
成为那草尖上融融的灿灿的一片光
光无语，树木无语，微风也悄悄地经过
正如找不出恰当的词来赞美感恩，默默地路过
心宁静了许多

植物。修剪

你本是自由的　可惜落入人的掌心
你尽情快活地生长伸展
你蓬勃旺盛　势要无限地拓展
为何人会恐惧　磨刀霍霍
剪　美其名曰　修　让你长成规规矩矩的样
其实是人心中的样

无法改变人　你只能选择自由生长

第四辑

爱上层楼

包　裹

久阴天气　一人待久了有种压抑
目光投向办公室窗外
苍茫的天穹笼罩城市林立的一隅
天空本是无垠的虚无清气
由于目力所限　却见一层厚厚灰棉花由上而
下地包裹

也许　所有的事物外面都有包裹
天包裹着地　城市包裹着某幢楼　某幢楼包
裹着某房间　某房间包裹着我
我包裹着什么　说不清
片片飘飞的日子　如一瓣一瓣飘曳的落花
最后　也许像剥洋葱　里面是空的
许多情绪仍在缠绕

火的性格

HUO
DE
XINGGE

笔

它落在纸上的沙沙声
像流水潺潺而逝
像连绵延续的时间
演绎四季冷暖
再现世态炎凉
于腐质中散发出醇，引导
如一个手杖
如一条大道
如一束光
上下千年，纵横万里
找一个支点
避开深渊
总得逆流而上
在寻找中耗尽，笔的宿命
留下沙沙的絮语

一场悬念，价值取向
是否可以还原一生
沿着爱憎的轨迹

闭上眼睛

我笑
世界缤纷浪漫起来
我哭
世界迷离伤感起来
闭上眼睛
用我的心去触摸
是千色一致的淡

哭和笑都可以忽略

火的性格
HUO
DE
XINGGE

蝉（一）

颠覆
在觉醒之后
重构一个世界
从地狱到天堂

佛说，变是痛苦，不变是安逸

无法抵挡光的诱惑
当洞穴里有了丝亮
蝉义无反顾与黑暗决裂

忍受蜕皮
烈日烘烤
仍然为新生活高歌

蝉（二）

与过去决裂

我并不知道
哪里是天堂

佛说，变是痛苦，不变
是安逸
但是黑暗的穴
我待得太久

不要阻止我呼喊
不要拿走我的
绿色阳光

不要叫我：
"苦蝉"

让我有一次热烈
让我在歌唱中死

春。絮

晴朗的春日
一朵渺小的棉絮
在微风中荡漾
如一艘航船
颠簸在惊涛骇浪里
它想去哪里？
左右它的
很多、很乱
它的思想如它的身体
不受控制

这不是第一次迷失
一个人站在路口，形如磐石
心似春絮
好在，眼里有方向

春天（一）

春天

花红柳绿

林中微风

似孩童的眸光

清澈

粉蝶儿纷纷翩飞

像悬挂在树枝上的光线

明媚

滴丽婉转的鸟鸣

似踏青女子

内心的一首曲子

轻快

在花树间

穿枝拂叶

火的性格

HUO
DE
XINGGE

万物都已经醒来

生命俱飞升

黛玉错了

黛玉本是一株仙草
不染尘埃，不知道
落下来的花
回归泥土
是回归母亲的怀抱
没有恐惧、怨言
如人死了以后
归于尘土，才能安息

花开一瞬
已证明美好的存在
就如有些人来到世上走了一遭

"落红不是无情物
化作春泥更护花"

黛玉错了
那香冢
仍入了尘土

冬　雨

从门里望出去
看见一句宋词——无边丝雨细如愁
寒把带出屋的暖驱散
雨融化夹杂着的细小坚冰
雨中闪着雪的光芒
零上的数字还没有全军覆没
一盆景就已经被冻死了
北方人就不应该养南方的花儿
对于活着的
冬雨是带着甘霖的硬刷
对于死去的
冬雨是塞紧墓穴的一把把泥土

火的性格
HUO
DE
XINGGE

肤浅者自语

最近
诗玩味不下去了
有的感觉就是文字游戏
有的感觉像脑筋急转弯
有的觉得矫情，为了装作深沉而强卖焦虑

读诗想要一种语言的惊艳
想要发现一个绝妙的意境
想要得到一点哲学的启迪
想要感染点激情澎湃
想要获得内心一点触动——感动、温馨……
发掘乏力，苦恼不堪

或许由于肤浅
没有经历过大风大浪
没有经历过什么苦难坎坷

我说我比普通人经历过的磨砺多得多

从不喊苦不喊累

因为想得到生活馈赠
愿意默默地付出能付出的
说泪与血，看透人生
这时是轻描淡写
热爱着你，看懂看透
取其精华，去其糟粕
生活就像制作盆景
你是制作者，也是被制作者

生活是一面镜子，你哭它就哭，你笑它就笑
虽然，是形而上者
普通人平庸的生活中
大部分情况下却是真理

火的性格

HUO
DE
XINGGE

光（一）

一束光
是冰川断裂的危险声音
是尖刀划过钢板的刺耳
光下面是倾巢样四散的蚁
留下的是勇士

你对我微笑　赞美
是照进幽暗心底的明媚阳光

有些人一辈子都不去想
光从哪里来

有时候
光是一种真相
许多时候
某些人躲到光的背后
摸象后杜撰出许多话题
是某些人的狂欢
只是绕开了自己

黑　猫

迷蒙的雾笼罩，似牢房
雾一样地沉默、缥缈
木头样躺在床上，无思
门窗禁闭，缄默的口
忽然，某物随微风从门缝飘进
木木的身体立寒毛倒竖，惊悚莫名，想喊，但紧
张，出不了声
直觉是一个人的灵魂，径直钻入了怀里
一摸试，呀！是全身乌漆的黑猫，柔软、丝滑
可这丝毫也不能减轻恐惧
一把抓起扔出房门，它敏捷地在房门关上之际又
钻回
再次扔出去，更快地关门，它的头被夹住。不
管，还是尽全力关门
可就在门关好的同时，它也完好无损地进来。恐
惧达到了顶点……
好在，它很温顺，只静卧于怀
渐明白——黑猫是我，想把它扔出去的是恐惧
想摒弃像猫一样柔弱又有韧性的自我，自听到
"忘我即得自由"

火的性格

火近身让人恐惧
总会有意无意地
推远再推远
而火不知
自顾自地热烈着
热烈着
它只是一团火而已，单纯得可怕
燃烧是它的本性
是它表达的方式

火的性子
魔鬼的性格
似乎可以吞没一切
即使不死也面目全非
只有真金除外

时间是隐形的
不冷不热的火
从古至今
留存下来的只有

意念
意念是幻影

血液是身体里
沸腾着的火
让人知觉
爱恨情仇的煎熬

火的性格

HUO
DE
XINGGE

秋。火凤凰

温降似炉格下的捅条
助燃秋的热烈
有一种热情
一旦释放
就如同火凤凰

冬的内敛
是冷
是窒息
是死亡
而死亡是新生的开始

秋如一只熊熊燃烧的火凤凰
来年重生，在灰烬中

孔明灯

被点燃的刹那，生命
已经丰满。一笼红光，装载着谁
满腔的希冀

愿望，像风筝的线拴系着
一个人悲欣交集的命运

竭力升腾。我终将上升成一颗星辰
闪耀你的梦境

火的性格

HUO
DE
XINGGE

两个字

人作为一种动物
宿命
在衣食住行的滚滚红尘中挣扎
灵动
向往自由　向往爱　向往一切美好
是人承受苦难的动力
也是挣扎之所以成为苦难的原因
灵动　让人在动物之前可加两个字

玫 瑰

面对着你
心里有爱和感动
搜遍记忆中所有美好的词
竟然没有一个可以配得上你
普通的绿叶枝蔓上
如何会长出和夜莺、爱情相提并论的艺术品

阻止不了一朵花开
就像阻止不了由心底漫上脸颊的微笑
阻止不了一场自然而然发生的爱恋
阻止不了夜莺歌唱爱情

秋。叶

秋的到来

改变了叶子的一贯坚守

各种冷暖明暗纷纷从内心转移到表面

枝干冷漠收敛

叶子憔悴

露出被时间磨砺的伤痕

候鸟为南飞做准备

离开一个即将毁灭的美梦

赶往下一个青春幻影

秋风秋雨寒凉如锋刃

诗人唱感伤的歌

"既定的宿命

生不必太得意

亡也不须太悲哀"

秋用五彩斑斓的叶雨

为一个季节画上句号

冬天将会有一场白雪覆盖

是说世界原本纯净？

还是说一切又将从零开始？

如 一

如果心不呼唤
不会再相遇
冬天灰蒙蒙之后
也不会再出现春天
而春天一如以前明媚

起点终点
如一

流泪、大笑
都不足以表达种种幸福
颓废、流血……
也不至于写尽种种苦难
比幸福和苦难更让人难以抵挡，莫测

相遇，相爱
愿意接纳一切，快乐痛苦
如一，若放下一切依恃
放逐深渊，愿如履平地

火的性格
HUO
DE
XINGGE

潸然泪下

闲下来时
我会
如一面镜子
放空自己
玻璃外，你的轮廓
那么清晰
让一个毫不相干的人
潸然泪下

陀　螺

陀螺的速度渐缓

它是不是也累了

想躺倒歇歇

恰在这时候，一个鞭子"啪"地一下子抽到

它的身上

它立马又飞快地旋转起来

它不停地转啊，不停地转啊

似乎怕安静下来时，一切都不存在了

只有这样才能显示出是有生命

树木的年轮是旋转

人体的生物钟是旋转

一年四季的更迭是旋转

每一天白天黑夜交替是旋转

一代人一代人的兴衰是旋转

在旋转中获得新生

在旋转中走向死亡

有些事情是否要冷静卜来想清楚

比如，是谁，要的是什么

火的性格

HUO
DE
XINGGE

雾

半步以外不见物的时候
也没能阻止她去
见想的人，穿透浓雾的光

万物被浓雾遮蔽
就像一个黑的舞台上
主角走到哪里
聚光灯追随着

意外地扑了空
光消失了
她忘了一切
她成了雾

忽然醒悟
雾是因为热遇到了冷

小夜灯

近在咫尺看着像遥远的天上的一颗星
当太阳升起来时
也像星星一样隐退
拥有的光明
源于吸收了白天太阳的能量
就像一个人拥有的一切
来自社会

光明是如此渺小
周围仍处于昏暗中
点亮不了黑夜
在一双寻求光明的眼睛里却像一轮小太阳
驱除掉心里的邪魔
智慧如一盏小夜灯
点亮自己
也照亮欣赏它的人

火的性格
HUO
DE
XINGGE

叶 子

叶子是树低调的羽毛　合体的衣裳
是春天从根部缓慢升起
到夏天才完全盛开的绿色焰火
以飞翔的姿态停留在树上

当痛苦的我避开太阳的金芒
逃到叶子的阴凉下时
心里感动又喜悦

让人瞩目的往往是花而不是叶子

直到秋天
坚持不下去的叶子显现灼伤
——各种深浅的火焰色
而我却以狂欢的心态
欣赏它最后的绚烂

我有我的悲喜
叶子有叶子的悲喜

主　动

喜欢一个人
不会用职场上的狼性法则对待

主动
在一些人是美味
在另一些人却是毒药

总想着珍惜一次次的相处机会

不计较一切地主动
让人恐惧、怀疑

久之
主动变成了愚蠢

火的性格
HUO
DE
XINGGE

106

第五辑

馨香驿站

春 天

在你面前
最巧言的人
不如一只婉转啼鸣的雀
无法表达
只痴痴地看着你
心里有什么暗涌
再由眼睛里溢出来

在轻灵的光影里
每一天
都想在你明媚的稀疏的树荫下
在一树一树的花开里
在绿草茵茵的土地上
流连
流连
低头是你
抬头是你
无处不是你
无处是你

火的性格
HUO
DE
XINGGE

光 (二)

疲惫地阖上眼
沉入夜的黑暗和寂静

在幽幽暗暗的青砖灰瓦居民区里
在青石板铺就的曲曲折折的羊肠小路上
你从远处走来
带着黎明的质地

你走近一步
世界就亮了一分

化腐朽为神奇

我只是红尘中平庸的一粒谷子
偶然遇见了你
无边黑暗　有你相伴
漫长时光过后
竟然化腐朽为神奇
我中有你　你中有我
我们共有一个孩子　名字叫酒
能让人耳热心跳　兴奋喜悦
恰如我们的相恋

火的性格
HUO
DE
XINGGE

约定·蜡梅

冬变得苍茫寂寥
不必惋惜叶子的离去
离去有离去的缘由

守一个千年的约定
梅花在寒冷的腊月里等待
如冰似霜的气质
似乎风一吹就化了
在天地间的一隅
静静地神思
思念如水透明，一个窈窕女子的目光
一场虚幻的美梦

没有牡丹的雍容
没有夏花的绚烂
婴儿般简单，月光般素洁
随着思念发散的缕缕清香，铺一条路
等满天繁星变幻成雪花御风踏香而来

美人淡妆簪戴，浅笑嫣嫣

燃起上古的红泥小火炉，扫梅上雪烹茶
与三两知己聊一聊

"疏影横斜水清浅，暗香浮动月黄昏。"

火的性格

HUO
DE
XINGGE

蓝色的影子

倒影是树的潜意识
清晰又虚幻

自从你在潭边经过
好多年过去了
水漫了一次又一次
你的影子仍然还在潭底
水纹一样清晰
水一样透明
晴天一样蓝

凉薄与火山

高冷不可怕
可怕的是受到影响
改变了心态
又因此而放弃一些不该放弃的
又因此而痛苦不已
这些年
连你自己都相信了
生性凉薄
许多人永远不知道
你的心里有一座火山

火的性格
HUO
DE
XINGGE

落 叶

踏进林中地
厚厚的一层落叶窸窣作响
叶落是回家，是休憩
为下一个旅程做准备，只待春风
不需要任何理由

化作春泥更护花，像食物一样准备隐藏
它像清风、流水一样，留下馈赠
而清风、流水不会永远消逝

在人世间，天使通过叶子
安静地分享一切

落下时如一簇簇火苗
此时，它最好被当成柴火

用线串着它回家
燃起一堆堆熊熊烈火，在阴冷的冬天
轻烟飘浮在清晨或傍晚的天空
爸妈在四溢的甜香里喊我，回归从前

你的名字

你是所有美好事物的总和
你是最美风景给人的感动
无法说出你的名字
早已把你的名字藏在心底
你是我的，有了我的爱才有了你

有时候，你是我的爱
有时候，你是我的恨

你是我所有美好的回忆
你是我最向往的未来
你是我当下美好的生活
因为有了你参与而飞升

无法叫出你的名字
怕你从此由心里逃逸
你是深谷里的幽兰
怕世俗污染了你

曾想到许多灵动的词儿
却代替不了你

火的性格
HUO
DE
XINGGE

你和我

你和我
是一棵树上的两片叶子
通过树干、枝杈
曲曲折折地相连
同呼吸
共命运

是两盏灯塔
通过电缆
不远千里地相通
你若辉煌
我便灿烂

你和我
相连相通
却不能相亲

你和我
是一道墙的正面和反面

盼。归。团圆

门口摆满刚买的盛开着的鲜花
院里还有桂花的余香
舍不得摘的石榴，笑得嘴豁开
十月太阳柔和的金辉穿过院落
照进收拾得一尘不染的沉寂屋子
如果有水可借助
它此时就会变成一叶方舟
驶向迎接儿女回家的方向

清脆的刹车声
安静里乍然响起了优美音乐
打破了港湾的寂静
像黑暗的角落
突然打开了聚光灯
照亮温暖了盼望者和归者的心房

火的性格
HUO
DE
XINGGE

飘逝的影

幻象的场景
彤云变幻的蓝天下
芳草花影遍野
我仰面
轻轻地倾倒
长长的发
随风远飘
无尽的思绪
顺着发的方向
飘逸
飘逸成若有若无的溪
沧海桑田
时间驱无穷
我也只是个飘逝着的影
却想用铅墨幻化出
随时间流逝的美影

相信爱情

——读赖敏和丁一舟爱情故事有感

说不出理由
只因为
曾经心动于你
于是
抛开一切
披荆斩棘
圆一个幸福的梦

愈普通的人愈幸福
愈简单的人愈开心

把世俗的意义、价值等抛开
你就是一切

火的性格
HUO
DE
XINGGE

星期天

叮叮当当

当当叮叮

大锤　小锤　铁锤

铁锤　小锤　大锤

轮番敲打在一块猩红的铁上

360度飞溅耀眼的火花

终于　嗤……

一团温柔的白雾后

一切变得清凉　安静

从飞驰的运行中停下

伫立在辽阔的天地间

目断四边垂

想奔跑

在奔跑中畅快地呼吸

在奔跑中

放下一切

雪的幻象（二）

这次　你没有飘落到凡尘
更没有急于去粉饰什么
其实　你也粉饰不了什么
短暂的幻象过后
你只能选择消失
这次　你就在空中
堆积　堆积成一个雪山
山的分量似乎显示出你的某种情结

寻　找

经历过许多磨难

仍走不出

对风景的深深眷恋

有一种魅惑

被迷乱眼睛

被一种气息陶醉

流连　留恋

这是一个旅者幸福的时刻

虽然仍抹不去沉郁苍茫的底色

一边在岁月中磨砺

结茧

一边寻找可以打开

柔软

一个词

几个诗友小聚提到一个词
联想到一颗出膛的子弹
有目标勇敢无畏

联想到一朵花开
吸收天地日月精华，万事俱备不欠东风，天
时地利人和，不慌不忙，矞矞皇皇，美丽盛开

联想到晴好天气里百灵鸟自由自在歌唱
悦耳动听的声音来自肺腑

火的性格
HUO
DE
XINGGE

联想到一个骑马者的驰骋
在风和日丽、鸟语花香的日子里
不一定要有什么目标
只是为了享受一种御风而行
享受一种无拘无束的存在感
……

这个词就是心气

一个不经意的想法一出现
就呼朋唤友小聚喝酒的心气
因为那天是二〇一九年九月九日

第六辑

三言两语

杯

只有空着
才能装入自己想要的

火的性格

HUO
DE
XINGGE

春天（外一首）

紧闭的心扉只要被攻破一点
就呼啦一下　曝光了所有的秘密

春　花

二月浩荡
吹面不寒
宜纵马驰骋
坦荡于天地间
如一朵春花的乍然盛开

瓷 碎

在"哐啷"一声的脆响里
心也似乎碎成了几瓣
好半天　才回过神来

不忍心把它扔进垃圾筐
一朵鲜花被撕扯成片片零落的瓣
仍然极致的美

火的性格
HUO
DE
XINGGE

打开的书

打开的书
暗夜里的一盏灯
太阳底下的路
沙漠里一行逶迤的足迹

低　洼

一阵风过去，地上的枯叶
被吹进一处低洼

这些曾高悬枝头的叶子
紧贴泥土，抱成一团
像是找到
失落已久的宁静

过山车

从过山车上下来
有人惊悚到哭泣
有人亢奋到哈哈大笑
瞬间陡转、俯冲……
和死神开玩笑
不是谁都能承受得起

镜　子

清晰、轻易地复制

镜子如深不见底的容器
吞进世间万物
却不着痕迹
如让人抓狂的生活

看电影

缩在影院的黑暗里
看电影，有多繁华
现实就有多寂寞

走出影院
恍如隔世

沦　陷

夏季来临
草木快意舒展
绿渐溢漫世界
大地一天一天沦陷

火的性格
HUO
DE
XINGGE

懵 懂

和风微醺
桃花的脸愈来愈红
心事已经大白于天下
那个人仍然懵懂青涩

暮　色

太阳一点一点地融入西天
失去太阳的天空脸色愈来愈阴沉
至　淹没了万物
也淹没了自己

火的性格
HUO
DE
XINGGE

盆 栽

数次濒临死亡的边缘
总是为了一杯水而复活
就像某个人总是为了谁的几句甜言蜜语而欢欣
是肤浅还是心理本来就润泽富饶?

蒲公英的种子

把自己交付于一阵风
与蒲公英的种子一起飞翔
一粒尘埃
也可以到千里之外
改变
让人痴迷
远方　未知
像新生
像自由

火的性格
HUO
DE
XINGGE

三月风（外一首）

三月风，温柔的手
藏在褐色枝条上的叶儿花儿
终于憋不住了 "噗哧"一笑
世界从此美丽芬芳起来

树与根

树木在阳光里生长
开花 结果 枝叶繁茂
是沉睡在黑暗中的根
一个接一个的美梦

141

诗群采风

风

自由又任性

春风和煦　秋风无情　朔风凌厉

她追随着四季

她又催生了四季

雨

白亮亮

如离别的眸光

雨在她的心里

淋湿了我的世界

火的性格

HUO
DE
XINGGE

荷

仍然顶在我童年的头上

尽可能地撑开

为来自淤泥的

遮挡风风雨雨

茶

是一种文化艺术

是一段传奇故事
随着袅袅香气
又再次演绎

我 爱

我爱走进屋里的阳光，这默默温馨的滋养；
我爱你絮语不息，这自然天籁的交响。

火的性格
HUO
DE
XINGGE

诗心如磐情似火

——读司奋诗集《火的性格》

吕述谡

在如火的夏日，捧读司奋诗集《火的性格》，字里行间，让人感受到其对诗歌如火的执着，对生活如火的热情。

司奋从十几岁直到现在从未放弃对优秀作品的阅读。2015年开始，她摸索着写文章，陆续在网络发表了一百多篇作品。最近数年间，她还在全国各级报刊，以及网络媒体，发表了一系列作品，并于2020年加入了江苏省作家协会。

其实，司奋的成功不是偶然，她从学生时代起就酷爱文学，但是后来因为忙于事业，忙于家庭，一直将文学深藏心底，但是她一直坚持读书，坚持练笔，正因为有了厚积薄发，才有了今天的硕果累累。在这本诗集里，有的诗是来自"为赋新词强说愁"，有的是在日常工作生活中一瞬间的思想碰撞而产生的，有的是闲下来静静时心里的情绪等。司奋热爱生活、热爱大自然，关注身边的人和事，这些，在她的作品里都可以看得到。

沭阳是全国闻名的花木之乡，在乡村振兴进程中，沭阳创新发展生态经济，广袤大地绿色产业蓬勃兴起，这也给司奋带来了浓厚的创作热情。如"花草树木的灵秀/沟通了天与地，光与影/花乡大地充满了生命的灵气/氤氲出如诗如歌的风韵——

最美、最香的城"（《醉美花乡沭阳》），作者把对家乡的热爱，对美好未来的期冀展现得淋漓尽致。每个人都有自己的家乡情结，司奋也是如此，热爱家乡的一草一木，字里行间，都是浓浓的家乡情意。如《韩山喊泉》《沂河大堆》等诗作中，都能感受到这份情感。

印象中，司奋一直是婉约的，清淡如水，清凉如风，平时交流，说话都是轻声慢语的，生怕惊动了别人。但是读她的诗，才知道，语言清新灵动，内核却浓烈如火，平淡之中蕴涵着巨大的力量，这种力量在诗歌的语言中迸发，如"花与酒的相遇是一个传奇／其中必有一个热爱自然的女子"（《花之酒》）。诗歌不是知识的积累，而是人生的体验，是人生的诠释。在这首诗歌作品中，我们可以感受到作者对人生的思考，这也是她的心境。这种热爱"缘来自一种香打动了温柔的心灵"，就藏于她的心中，"十八年过去了／仍然美丽优雅"。人生亦如酒，《坛酒》中激荡汹涌的海啸，浓烈却历久弥香。

对于诗人而言，作品往往会出现黯然的情绪，但是这些并不影响作品的格调，反而增加了其厚重。而作品则是作者培养创作的情绪，将自己融入诗中，让思想在作品中重生。于是，也就有了诗歌的情感历练。"鲜美饱满的果浆／消弭于流水／核，也许装着恐惧／也许是精华——成熟睿智通透的灵"（《凤凰》），正是有了这样对人生的阅读和诠释，使诗歌呈现了生命感，作者也就发出了"浴火／灰烬也能重生／凤凰"的生命宣言。

司奋对生活、对人生形成自己初步的见解，这也成为她诗歌创作的素材库。司奋的生活是丰富多彩的，充满了乐趣，如《家》中充满浓浓爱意。所以说，这本诗集就像一个万花筒，

火的性格

HUO
DE
XINGGE

反映出社会众生万象。

美学大师克罗齐认为："艺术即直觉，它的奇迹在于一个人是否有观念。"一件艺术作品，必须具有其独特的思想。在司奋的很多诗歌作品中，都能见到她独特的思考。如"一朵花开／一个人的一生""花朵一如从前／天地初开之始"（《花田》），如《残荷》，作者在作品中重构了一个人与自然的物联关系，使主体与客体有机融合，新构了对事物的认识，也表达"残荷"生命的新境界。"时间是淬炼的火／剥去美色和丰腴／袒露背后／留下传奇……"这些思想与诗意的表达，在《诗群采风》等作品中都有所体现。

诗意如酒亦如火。相信有着《火的性格》的司奋会一直将文学进行到底，用独特的视角和文字，书写自己的诗意人生。

吕述谡，江苏省作家协会会员，曾任沭阳县作家协会副主席、沭阳县文学研究会会长。现任沭阳县新时代文明实践中心（沭阳县新闻中心）主任。

诗心如磐情似火

147